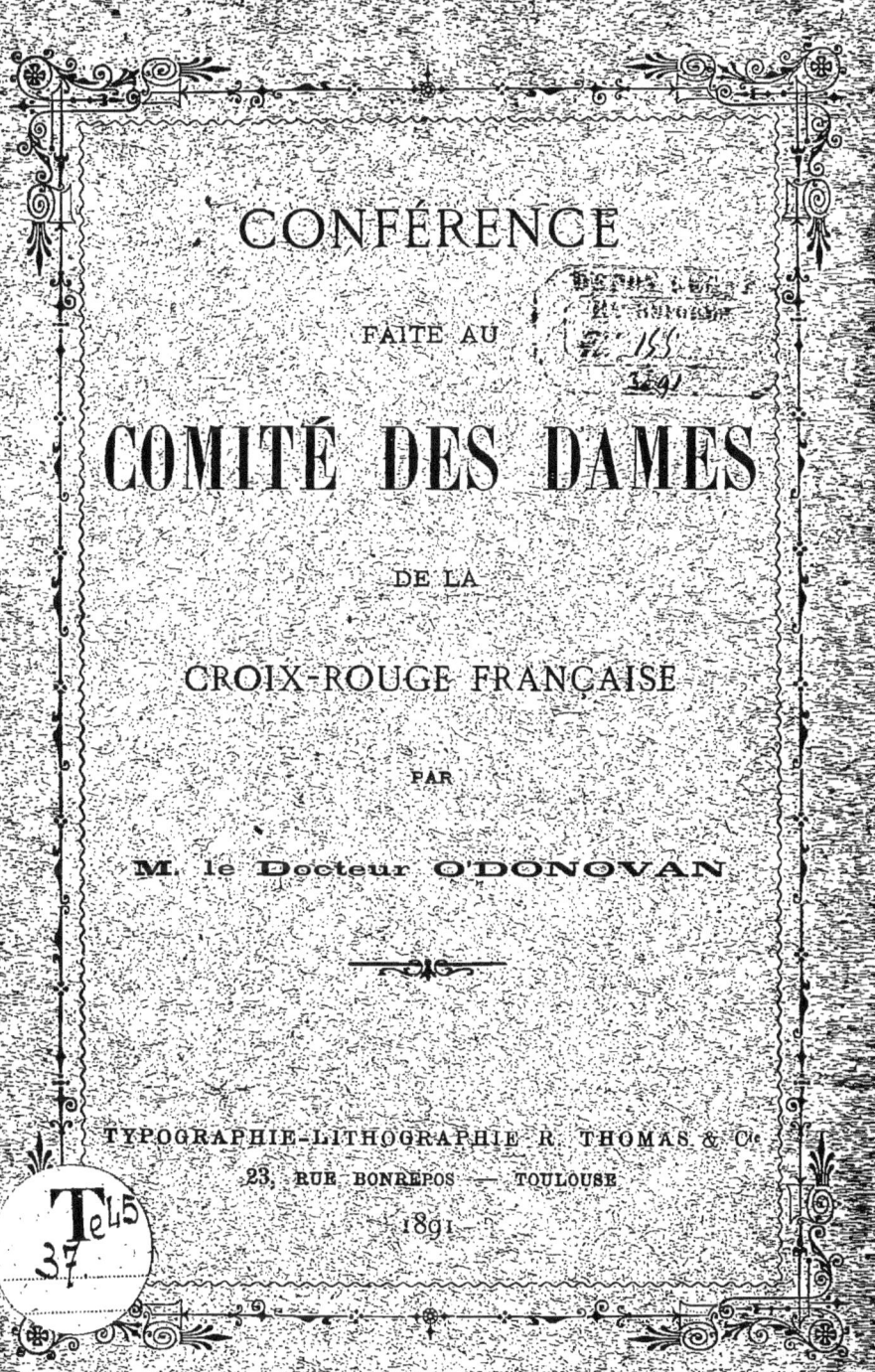

CONFÉRENCE

FAITE AU

COMITÉ DES DAMES

DE LA

CROIX-ROUGE FRANÇAISE

PAR

M. le Docteur O'DONOVAN

TYPOGRAPHIE-LITHOGRAPHIE R. THOMAS & Cⁱᵉ

23, RUE BONREPOS — TOULOUSE

1891

CONFÉRENCE

FAITE AU

COMITÉ DES DAMES

DE LA

CROIX-ROUGE FRANÇAISE

PAR

M. le Docteur O'DONOVAN

TYPOGRAPHIE-LITHOGRAPHIE R. THOMAS & Cie

23, RUE BONREPOS — TOULOUSE

1891

MADAME LA PRÉSIDENTE,

MESDAMES,

La tâche qui a été dévolue à votre très humble conférencier d'aujourd'hui est devenue bien lourde, son vénéré prédécesseur, M. le docteur Lèques, ayant, pour ainsi dire, épuisé la matière d'une façon si magistrale qu'il lui faut, en quelque sorte, saisir un joint pour essayer, sans réussir peut-être, de se glisser presque subrepticement entre la didactique du maître dont il s'honore d'être devenu l'ami, et l'extrême bienveillance d'un auditoire select, disposé, il est vrai, par son essence même, à accueillir avec faveur tout ce qui peut se rattacher, de près ou de loin, à ce vocable si essentiellement français : *Patriotisme.*

Tenter de faire vibrer cette corde dans vos cœurs, Mesdames, serait presque une inconvenance, car je manquerais à tous mes devoirs si j'oubliais un instant que, spontanément, et en vue d'évènements qui, nous l'espérons tous, ne se produiront point, du moins de longtemps encore, vous avez généreusement offert à la Patrie tout ce que la femme peut donner : son exquise délicatesse, son abnégation angélique, sa touchante sollicitude, sa tendresse innée, son dévouement

illimité, et, permettez-moi d'ajouter, sans vouloir
étayer mon assertion par l'histoire de nos cou-
rageuses héroïnes, que, nulle, mieux que la
Française, ne possède les qualités et les vertus
qui sont l'apanage de votre sexe.

Peut-être en est-il parmi vous qui ont été dou-
loureusement frappées dans nos derniers désas-
tres, si éloignés comme date, si vivants comme
souvenir.

Je leur demande pardon de rouvrir une plaie
mal cicatrisée, sinon saignante encore.

Mais, n'est-il point vrai que dans cette amer-
tume inoubliable, elles ont trouvé la saveur âpre
et douce à la fois que procure le sentiment du
devoir accompli, la sublime consolation de la
perte du mort glorieux tombé pour la défense du
sol national !

Ces résignations ont fait naître dans vos âmes
d'élite une légitime appréhension pour des éven-
tualités, toujours redoutables quelles qu'en soient
l'issue; et, laissant dedaigneusement de côté les
frivoles préoccupations de l'art de plaire, chose
inutile d'ailleurs en notre beau pays, vous avez
virilement voulu vous associer aux œuvres mas-
culines, et nous prêter, à nous, les combattants
de la souffrance et de la mort, l'aide et le concours
précieux de vos inépuisables ressources.

Merci et honneur aux Femmes de France !

La guerre est déclarée! L'ennemi nous environne de toutes parts; il nous guette, nous surprend au moment où nous nous y attendons le moins; il nous enveloppe, pénètre jusqu'au cœur même de la place, s'installe en maître et exerce ses ravages avec d'autant plus de sécurité pour lui, d'autant plus de sévices pour nous, qu'il a tous les avantages, y compris celui de l'invisibilité.

Il est juste de dire qu'il profite avec une sorte de discernement, et comme enivré par ses propres victoires, de l'étonnante insouciance, de la stupéfiante incurie qui nous font lui laisser toutes portes ouvertes, si même nous ne lui disons pas : Donnez-vous donc la peine d'entrer !

Assurément, la prévoyance gouvernementale, les réglementations administratives, ont disséminé les égides protectrices. Mais les populations en ont-elles assez tenu compte? Et l'initiative privée ne doit-elle pas décupler, dans son intérêt propre, les forces défensives fournies ou indiquées par les édits corroborés par la science?

Vous avez désigné, sans hésitation, les infiniment petits comme nos pires destructeurs.

C'est contre ce Protée que je dirigerai momentanément le feu de nos batteries.

Le microbe n'est point une invention nouvelle. Il est aussi vieux que le monde, et, n'en déplaise à mon aimable auditoire, il est indispensable à son fonctionnement. C'est tout simplement une question d'équilibre. Oui, mesdames, ces monstres variés que quelques-unes d'entre vous ont eu la curiosité de regarder, par exemple dans le minuscule aquarium qu'offre la goutte d'eau vulgaire vue au microscope solaire, sont absolument inhérents à ce tout que l'on appelle la vie, résultante inéluctable des forces réparatrices et des forces destructives, comme la santé n'est que la résultante des forces assimilatrices et des forces désassimilatrices.

L'air et l'eau, cette dernière surtout, sont les deux grands véhicules des germes délétères.

Tous ces micro-organismes qui nous entourent et nous pénètrent incessamment devraient, semble-t-il, semer partout la pourriture, la dévastation, la mort.

Il n'en est pas heureusement ainsi, grâce aux précautions prises, grâce surtout à ce que ces germes paraissent agir plutôt comme épiphénomènes dans la plupart de nos maladies.

Cette considération, si rationnelle qu'elle puisse paraître, ne doit pas nous empêcher de scruter avec soin ce point de sécurité publique, et dès que nous aurons quelque motif de suspecter la qualité d'une eau, il ne faudra la boire que décantée, filtrée, bouillie même, et mélangée à une infusion de thé, de café, par exemple, étant donné que la filtration elle-même est insuffisante à arrêter complètement le passage des bactéries.

La distillation serait le moyen préférable entre tous ; mais l'eau distillée est singulièrement fadasse, et je ne suis pas absolument sûr que les infiniment petits contenus dans l'eau potable soient des ennemis ou des auxiliaires de notre état sanitaire, ferments épidémiques mis de côté, bien entendu,

Dans le cas qui nous occupe, les blessures et plaies sont à l'abri des vibrions septiques, êtres anaérobies, c'est-à-dire qui ne peuvent vivre à l'air. Mais vienne à se produire une fissure, ces germes peuvent se développer et envahir l'organisme en lui communiquant la septicémie.

Voilà la raison d'être du pansement antiseptique qui favorise la réunion par première intention des solutions de continuité que présentent les blessures, et bannit des salles de blessés les érysipèles traumatiques et l'infection purulente, ces deux grands dangers d'autrefois.

Les acides borique et phénique, les sels de quinine, le bichlorure d'hydragyre, sont les antiseptiques le plus communément mis en usage, et je les ai nommés par ordre de puissance.

Antérieurement on ne connaissait guère que l'alcool camphré et l'ammoniaque, qui ont rendu et rendent encore de grands services.

Dans la pratique, la grande chirurgie emploie

les plus actifs de ces agents, dont l'action préservatrice permet les mutilations les plus osées avec une quasi sécurité.

Vous n'ignorez pas, en effet, qu'aujourd'hui l'opérateur, avec ses instruments préalablement purifiés dans des solutions stérilisantes et passés, pour plus de sûreté à la flamme d'une lampe à esprit de vin, fouille presque impunément les cavités abordables du corps humain dans une atmosphère factice fournie par un appareil pulvérisateur. Dans ces conditions, le chirurgien, au milieu de son nuage préservateur, peut hardiment dire aux microbes : « On n'entre pas ici! »

Laissez-moi vous dire également un mot de ces agents précieux nommés désinfectants qui détruisent les odeurs mauvaises et neutralisent les miasmes, les virus et les germes nocifs.

Les désinfectants sont de trois ordres : ils sont mécaniques, physiques et chimiques.

Les lavages et mesures de propreté constituent le premier groupe.

Au second appartiennent l'allumage de feux, l'emploi du charbon, de la terre sèche, des cendres, l'action de la chaleur, le dessèchement.

Dans le troisième, nous citerons le sulfate de fer, le sulfate de zinc, le chlorure de zinc, le perchlorure de fer, l'azotate de plomb, la chaux vive ou éteinte, le bismuth, le bichlorure de mercure, l'alun, le chloral, l'acide borique, le silicate de soude, l'acide pyrogallique, le goudron végétal, les huiles lourdes de houille et les produits extraits de cette dernière, le naphthol, la térébenthine et ses dérivés, le menthol, l'eucalyptol, l'alcool et quantité d'acides tels que l'acide salicylique, l'acide phénique, l'acide benzoïque, etc.; le chlore et ses dérivés, l'iode et ses dérivés, l'iodoforme surtout, le permanganate de potasse, à la fois désodorant, antiseptique et antivirulent.

J'arrêterai là cette énumération déjà longue de substances dont quelques-unes seulement vous offriront un maniement facile.

Les évènements peuvent vous amener, Mesdames, à être, de par votre bon vouloir, dans la nécessité de pratiquer certains pansements, en attendant la venue du chirurgien.

Ces pansements, malgré leur simplicité apparente, offrent de sérieuses difficultés à des novices inexpérimentées, et j'ai pour mission de vous initier aujourd'hui à leur pratique, si aisée qu'elle puisse vous paraître.

Il est certainement bien prosaïque le vulgaire cataplasme que l'on est si souvent appelé à appliquer. Beaucoup en posent qui ignorent les règles les plus élémentaires de sa fabrication.

Voulez-vous me permettre de vous rappeler, non de vous apprendre, qu'il faut, pour confectionner ce topique, que la farine de lin, fraîche, oit préalablement délayée dans de l'eau froide, en quantité suffisante pour obtenir une consistance très fluide que la cuisson épaissit. Vous étendez la pâte sur de la tarlatane ou de la mousseline que vous replierez sur elle-même si vous devez appliquer le topique entre deux linges. S'il doit être posé à nu sur la peau, vous prendrez de chacun des côtés de l'étoffe assez pour recouvrir plus de la moitié de l'emplâtre en faisant un mouvement de va et vient en appuyant faiblement, la manœuvre ayant pour but de niveler le cataplasme et égaliser son épaisseur. On s'arrête à deux travers de doigt environ des bords pour l'encadrer en quelque sorte et s'opposer à ce qu'il se répande au delà de la région à laquelle il est destiné.

J'en dirai autant du sinapisme. La farine de moutarde, aussi fraîche que possible, doit être également délayée à l'eau froide, sans addition de vinaigre ou autres substances qui en atténueraient la vertu en s'opposant au dégagement de l'huile essentielle à laquelle la moutarde doit ses propriétés. Pour l'application, border aussi, comme pour le cataplasme.

Aujourd'hui, la toile cataplasme Hamilton, le sinapisme Rigollot, ont remplacé les anciennes méthodes, et avec avantage. Mais on n'a pas toujours sous la main ces produits nouveaux, et, à leur défaut, il est bon de savoir se servir des matières premières faciles à se procurer partout.

Les divers pansements que vous pouvez être

appelées à pratiquer ne seront évidemment que des pansements provisoires. Ces premiers appareils se résument en ceci : laver soigneusement à l'eau tiède les plaies ou blessures, les couvrir d'un linge cératé, d'un gâteau de charpie ou de coton phéniqué, et maintenir le tout avec une bande modérément serrée.

Dans le cas d'hémorrhagie, on emploiera, suivant leur intensité, les moyens hémostatiques que mon prédécesseur vous a exposés, sans perdre de vue qu'au besoin vous pourriez, si vous aviez affaire à une hémorrahgie trop considérable émanant d'un gros vaisseau, dans la continuité d'un membre, appliquer la bande d'Esmarch, appareil simple et d'une telle puissance qu'il permet de pratiquer de grandes amputations absolument exsangues.

Il se compose d'une bande plate de caoutchouc que l'on enroule, en serrant un peu, au-dessus de la solution de continuité, et d'un tube également de caoutchouc que l'on applique en l'enroulant sur la bande plate.

La constriction exercée par l'élasticité de ces deux tissus arrêtera infailliblement l'écoulement du sang en attendant l'arrivée du chirurgien.

Les pansements comprennent encore les frictions, la rubéfaction (révulsion), la vésication, la cautérisation. Je ne crois pas utile de continuer

l'énumération des autres moyens chirurgicaux
que vous ne seriez pas appelées à employer.

Les frictions seront calmantes ou excitantes,
suivant les cas, et leurs effets sont subordonnés
aux substances mises en usage.

Les lotions ne sont que des frictions atténuées.
Le meilleur des révulsifs est le sinapisme dont je
vous ai entretenues tout à l'heure.

La vésication et la cautérisation seront réser-
vées au praticien qui jugera de leur opportunité
et des moyens à employer.

J'en dirai autant des préparations officinales,
telles que cérats, onguents, pommades, topiques
liquides ou solides, liniments, glace pilée, etc.,
pour en arriver de suite aux objets qui servent
aux pansements.

Les linges, en toile de lin, de chanvre ou de
coton, ne doivent pas être neufs. Il est préférable qu'ils soient à demi usés. Ils seront soigneusement lessivés.

Vous aurez toujours sous la main de la charpie, du coton, des compresses de diverses gran-
deurs, des bandes, des bandelettes, et de larges
draps servant d'alèze, de bandages de corps, etc.

La charpie est composée de filaments de linge
à moitié usé, que vous connaissez toutes.

Les compresses sont de diverses formes, toujours unies, sans plis, sans ourlets, sans coutures, quelquefois simples, d'autres fois doubles,

triples, ou plusieurs fois repliées sur elles-mêmes, suivant les besoins, comme les compresses dites graduées. On les emploie entières, fendues, carrées, triangulaires, selon les nécessités. Disons enfin qu'on les applique sèches ou imprégnées d'un liquide préparé *ad hoc*, ou d'une pommade préparée pharmaceutiquement. Dans ce dernier cas, la compresse est habituellement fenêtrée ou trouée.

La compresse fenêtrée s'obtient en y faisant une certaine quantité de trous avec des ciseaux ou à l'emporte-pièce.

La compresse trouée s'obtient en tirant dans le sens de l'étoffe quelques fils parallèles.

Les bandes sont constituées par des pièces de linge étroites et longues.

Elles doivent être faites de linge assoupli par l'usage. Leur largeur et leur longueur varient suivant l'emploi qu'on en veut faire.

Elles seront roulées à un ou deux lobes.

Enfin, elles seront appliquées sèches ou mouillées, c'est-à-dire trempées dans des solutions médicamenteuses résolutives, narcotiques, ou autres.

De même que les compresses, les bandes ne doivent présenter ni lisières, ni ourlets ni coutures.

Les bandages de corps, comme leur nom l'indique, sont de larges pièces de linge destinées à entourer le corps.

Ils offriront les mêmes qualités que les linges précédemment décrits.

Les draps d'alèze sont de grands draps que l'on glisse sous les malades pour remplir divers usages que je n'ai pas à énumérer ici.

Dans vos ambulances ou hôpitaux temporaires, vous aurez un approvisionnement suffisant de boissons cordiales et alimentaires.

Une pharmacie annexe fournira les boissons médicamenteuses.

Vous veillerez surtout à l'aération, à la température de vos salles de malades.

La question du couchage sera l'objet de vos constantes préoccupations.

Sans doute, les influences climatériques, les conditions atmosphériques, topographiques même, ont un retentissement considérable sur la marche et la guérison des blessures.

Mais vous ne perdrez pas de vue que les influences morales jouent un rôle capital dans le rétablissement des blessés.

Il me suffit de vous indiquer que les mutilés appartenant aux vainqueurs guérissent bien plus vite que ceux du parti vaincu.

Tous vos efforts dans ce sens devront tendre à relever le moral des malheureux confiés à vos soins, à les consoler, à leur faire entrevoir une victoire et une guérison prochaines, à leur mentir même pieusement en leur cachant la vérité.

Vous obtiendrez, par ces subterfuges méritoires, des résultats inespérés.

Ces incursions à fond de train dans le domaine scientifique étaient, sinon nécessaires, du moins utiles pour votre initiation. Vous voudrez bien me les pardonner, malgré et à cause de leur aridité que j'ai, autant que possible, cherché à atténuer.

Toujours est-il que les considérations, en quelque sorte panoramiques, que j'ai eu l'honneur d'indiquer, sans les développer, au cours de cet entretien, auront, je l'espère pour ceux à qui vous vous intéressez, l'heureux résultat de piquer votre curiosité scientifique, et de ne pas rester stériles pratiquement.

Ce sera, pour le praticien à qui vous avez bien voulu adresser un appel auquel il lui aurait été impossible de rester sourd, la récompense la plus douce d'être, dans son humble sphère, utile à nos malheureux blessés, agréable et instructif pour son brillant auditoire.

13 janvier 1891.

15

www.ingramcontent.com/pod-product-compliance
Lightning Source LLC
Chambersburg PA
CBHW061629180626
46818CB00005B/2304